KB205250

힘을어리

하움어리

초판 1쇄 인쇄일 | 2020년 12월 5일   초판 1쇄 발행일 | 2020년 12월 10일

지은이 | 이다희
펴낸이 | 강창용

펴낸곳 | 씨큐브
출판등록 | 1998년 5월 16일 제10-1588
주 소 | 경기도 고양시 일산동구 중앙로 1233(현대타운빌) 407호
전 화 | (代)031-932-7474
팩 스 | 031-932-5962
이메일 | pubc-cube@naver.com

ISBN   979-11-6195-122-5   03810

씨큐브는 느낌이있는책의 장르 분야 브랜드입니다.

이 도서의 국립중앙도서관 출판예정도서목록(CIP)은 서지정보유통지원
시스템 홈페이지(http://seoji.nl.go.kr)와 국가자료종합목록 구축시스템
(http://kolis-net.nl.go.kr)에서 이용하실 수 있습니다.
(CIP제어번호 : CIP2020049423)

글·그림 이다희

차례

2장

너랑 노는 게 제일 재밌어

3장

티격태격해도
알콩달콩

Prologue

우린 같은 동네 사는 사이

재현이와 다희는 같은 동네에
살고 있었어요

둘은 열다섯 살에 같은 반이
되었고 친구가 되었답니다

그렇게 서로가 이성인 친구 중에
제일 친한 친구로 지내다가

중학교를 졸업했어요

고등학생 때 갑자기

다른 고등학교를 가게 된
다희와 재현이는

집으로 하교하는 버스에서
가끔 마주쳤는데

어느 날 다희는

재현이를 좋아한다는 걸
깨달아요

고백할까 말까

그러다 좋아하는 마음이
너무 커져버린 다희는 재현이에게
고백을 하기로 결심하는데

부끄러워서 메신저로 고백했죠

그리고 차입니다

재현이는 다희를 친구로만
보고 있었거든요

그리고 스무 살

그리고 다희와 재현이는
서로 잘 마주치지 못한 채
20살이 되어요

같은 동네기 때문에 또 우연히
마주칩니다

그 당시 다희는 동네 빵집에서
알바를 하고 있었는데

재현이는 매일매일
거기를 들러
바나나 우유를 주고 가요

이게 썸이야?

다희는 한 번도 남친을 사귀어
본 적이 없었어요
심지어 재현이에겐 한 번
차였었죠

그래서 재현이가 아무리 매일
바나나 우유를 주고,
둘이 같이 영화를 보러 갔어도

이게 친한 친구인지 썸인지 몰라
대학 친구들에게 물어봤어요

그 당시 친구들은 이렇게
말합니다

왜지?
지금 생각하면 확실한
썸인데?

내가 착각했네

그런 사이로 한두 달이나
질질 끌고 있던 다희와 재현

다희는 썸으로 착각한
자신이 부끄러워
홧김에 과팅을 잡게 돼요

그리고 싸이월드에
내일 과팅을 간다고 티를 냅니다

근데 과팅 전날 밤 갑자기
재현이에게 전화가 오죠

과팅 나가지마

재현이의 이야기 1

+ 나~중에 알게 된 재현이의 이야기

당황스럽게도 난 널 찬 이후부터
네가 여자로 보이기 시작했어

타이밍이 어긋났었던 거야

20살이 되어 오랜만에 마주쳤을 때
많이 떨렸어.
이번엔 진짜 잘해보고 싶었어

너는 어떨까?
아직도 나에게 관심이 있을까?
아니면 지금은 나를 그저 친구로만
생각하고 있는 걸까...?

재현이의 이야기 2

나름 조심스럽게 다가가고 있었는데
갑자기 네가 과팅을 나간다는
글을 올린 거야

그 글을 보니까 내 마음이
급해졌어

나, PC방 가는 길에 그 빵집 들른 거 아냐
친구랑 지나가다 들른 것도 아니고
빵 사려고 들른 것도 아냐

20

네 얼굴 잠깐이라도 보려고
일부러 찾아가는 거였단 말이야

2011년 9월 8일 그렇게
다희와 재현이는 연애를 시작합니다

안녕

두근 두근

두근 두근

이건 둘의 오랜 연애 다이어리

1장

우리 정말
달달했다,
그치

재혁이 꺼
다회 꺼

기분 풀어 주기

뾰로통

여친이 교수한테 까여서
기분이 안 좋은 듯하다

남친 950일차,
기분 풀어주기를 시전해본다

과제 해야돼

나 과제가 너무 급해
방해하면 안 된다!

웅웅! 나도 다른 거
하고 있을게

빈말인가 콩깍지인가

내꺼 내꺼 니꺼 내꺼

재혁이 꺼 다회 꺼

남친의 새 옷

아이쿠 심쿵!

추♥워

친구들이랑 놀아

친구들이랑 놀고 있긴 한 건지
카톡만 하는 재현이

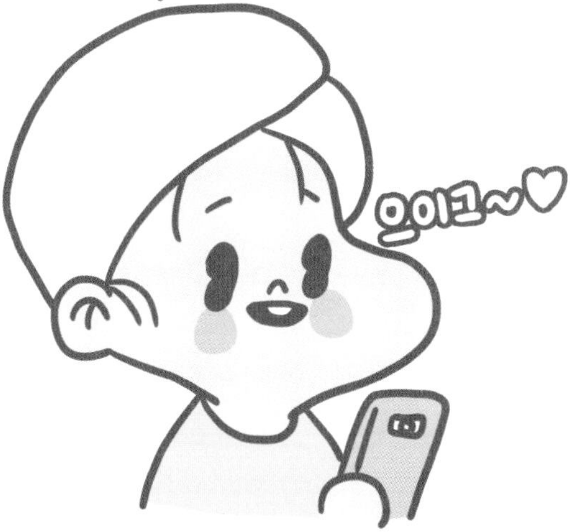

내 과제

만약에 재현이가...

나처럼 디자인을 하는
사람이었다면

내 과제를 도와주지...

맥주 마시자

2011 여름 썸 타던 시절

아 맥주 먹고 싶다

공원에서 맥주 마실래?

재현!
안 마시고 뭐 하냐?

누구랑 톡해?

....

야! 어디 가?

중요한 일!

후다닥

보고 싶다

동시에 똑같은 말 했네~♥

널 좋아하게 된 이유

이 넓은 세상에는

잘생기고

재있고

매너 있는

사람들이 많은데

뚫어져라

-데이트 중-

뚫어져라~

왜? 얼굴에 뭐 묻었어?

지하철 지하철

지금 사당, 사당행 열차가
들어오고 있습니다

승객 여러분께서는 안전하게
승차하시기 바랍니다

♡언제 자

비 오는 날

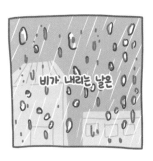

비가 내리는 날은

우산이 두 개라도

호이!

그리고 언제나 흠뻑 젖는
너의 한쪽 어깨

시야

나만 생각하던 내가

너를 만나고

너를 생각하고

시야가 넓어진다

내 세상이 넘어진다

노래 불러줘

잘 부르고 못 부르고는 중요한 게 아니에요

집에 있을 때

자기는 내가 집에 있을 때
이런 느낌일 거라고 상상하겠지만

실제 내가 집에 있을 때 모습은
대재앙이야

좋♡아해

♡엄마

곰곰...

만약 진짜 결혼한다면
얼마 정도 줄 건데?

하하 이 년이

반쪽 하트

냥냥펀치1

행복한 날

데이트하니까 너무 좋다

이제 나도 곧 취업하고 자기도 바빠지면

이렇게 많이 못 보겠지?

힘들겠다...

그런 건 나중에 걱정하자

행복한 날에는 행복하기만 하는 걸로

데이트룩

♡여름 ♡애교 특강

더워하는 남친이 있네요

선풍기~ 라고 하며 남친에게
후~ 바람을 불어줍니다

그리고 입 또는 머리를 빙빙
돌리며 말해주세요

회전~

비염

♡영화보다

나는 솔직히 영화보다

영화를 진지하게 보는 널
보는 게 더 즐겁고

영화가 재밌었다고 눈을
반짝이며 신나하는 네가

너무 귀여워 죽겠어!

♡언짢아

뭔가 언짢아있는 중

뭐야 왜 그래?

쪽 쪽
쪽 쪽
쪽 쪽

다 해주고 싶은걸

잘했어

크리스마스에 뭐 할까

자기 우리 크리스마스에 뭐 할까?

미안해... 나 그날 일해야 된대...

아...

서운하다기보단

남들 다 노는 빨간 날에도
너는 힘들게 일해야 된다는 게
속상했다...

딱 보기 좋은 몸맨데

신용카드 만들었다

취업을 하고 첫 신용카드를 만들었다

신용카드

태블릿 12개월 무이자 할부

슈팟!

DSLR 12개월 무이자 할부

휘릭!!

다정한 너

맨날 집에 데려다주면서

내가 집에 들어가는 모습까지
지켜봤으면서

신발 벗기도 전에

까톡

커플템

볼터치

볼 터치 완성

같은 하늘

길을 걷는데 노을이 너무 예쁜 거야

네가 생각나서 카톡을
보내려는데

남친♥
지금 하늘 봐! 예쁘다

너한테 먼저 카톡이 와있더라

우린 같은 하늘을 보며
같은 생각을 하고 있던 거야 ♥

❤️왜 귀여워하지

2장

너랑 노는 게
제일 재밌어

♥어떤 머리

그리고 그 후...

농담도 못하냐

아이쿠~
다리 아포~

댜기야
어부바 해쭈세용

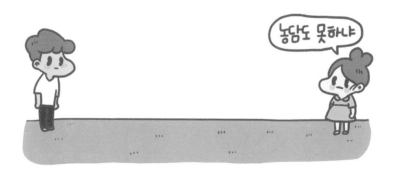

♡안마를 쭈물쭈물

날씨 좋다

이렇게나 데이트하기
딱 좋은 날인데

남친은 언제 퇴근하는 걸까...

충치 치료

이유가 있다

자, 잘 들어봐

진지 진지

머리카락이 요 정도로 길면

감는 시간도 오래 걸리고

말리는 것도 오래 걸려서

♥아빠와의 첫 만남

하하하...

아재썩 윤—머
지금 재현이랑 손잡는 거
재현 하는 거야?

쓱 울찔

껄껄껄껄껄

하하...

아빠 제발..

만족ᄀ

장난♡이야

실망♡이야

쌩얼♡이야

♡왜 네가

내가 칭찬을 들은 건데 왜 네가...

갸웃

과제 해♡야돼

나는 가을 타는 남자...

생각이 많아지는 계절...
요즘 마음이 싱숭생숭하다...

나는 가을 타는 여자...

나 가을 탄다
요즘 항상 배고파

....

꼬르륵

쓰레기

눈 온다

아니다...눈은
안에서 보는게 좋겠어...

스멀스멀

♡이 모습은 마치

한방 샴푸

코털 나왔다

코털 나왔다!

넣어줘야지~

다 말아

예전에 어느 기사를 봤는데

여친이 바람피우는 걸 방지하려고

여친을 똥보로 만들고 프러포즈한 남자의 내용이었어

헐 저런

너도 그런 거지? 이 못된 녀석아?

그래서 프러포즈는 언제 하는 거야?

아...아니...

그녀는 살이 찐 걸 필사적으로
내 탓으로 돌리고 있었다...

뭐 했지

-평일-

뭐 했다고 벌써 잘 시간이지…?

-주말-

뭐 했다고 벌써 잘 시간이지…?

배에 ♥ 이거 뭐야

찌리릿

♥이거 봐봐

더운 이유

- - - - - - - - - - - - - - - - -

까불이

♡오늘♡의 데이트

두고 간 옷 ♥

★내 잠옷 당첨★

옷에서 재혀니 냄새난다

모기

지금♡이야

♡예비군

재현이가 2박3일 예비군 훈련을 갔다

오늘 더위 무엇...

군대도 기다렸는데 예비군이야 뭐ㅋ

금방이지 ㅋ

· · · ·

툭툭

내 눈을 피한다

재현이는 가끔

내 눈을 피한다

눈을 피하려는 자와 맞추려는 자의
치열한 공방전

보드게임

-N번째 게임 중-

내가 이겨야 게임을
끝낼 수 있다

이번엔 이거 하자

그만...

그때 그곳

버스를 타고 가다가 우연히 옛날 추억이
담긴 곳을 지나갔다

재현이가 군대 갔을 때, 면회를 가기 위해
버스를 갈아타던 곳.

아침부터 도시락을 잔뜩 사들고
버스를 기다리던 기억도

면회 갈 때마다 버스에서
항상 듣던 커피소년의 노래도

면회 끝나고 돌아가던 길의 노을 진 하늘도

코끝을 빨갛게 하던 겨울 냄새도

그 시절의 애틋한 기억이
파도처럼 몰아쳐 왔다

'좀 이따가 재현이를 만나면 꼬오옥 안아줘야지'
하고 생각했다

3장

티격태격해도
알콩달콩

사실은

구두

운동화만 신다가 구두를
신어보았다

나를 찼어

굿나잇 인사

삐졌어

삐져있는 중

♥여친♥이 말 많을 때

네가 ♥ 안겨

말랑말랑

재밌었니

♥여름 데이트

새로운 립

젓가락질

♡아이스크림

♡오래 사귀는 팁

오늘은 저희 커플의 예쁘게 오래
사귀는 팁을 하나 알려드릴게요~

전역한 이후,
저희는 요즘도 계속 편지를 주고받는답니다!

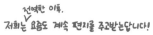

웅 자기!
나 편지 쓰고 있지~

자기님?

변덕쟁♡이

- 다음 날 -

살래

- - - - - - - - - - - - - - -

간단하게

데♡이트 스타일링!

너 왜 말 안 하냐

대화가 없어도 어색하지 않은
사이라지만

계속

둘 다 말을 안 하면

작고 쓸데없는 다툼의 시작

손 깨끗이 씻고

재현이는 내 코 만지는 걸 좋아한다

닮았대

많은 걸 얻었어

자기랑 사귀면서 난 항상
많은 것을 얻어 가고 있어

정말로

많~이 얻었다

눈 맞추기

옛날엔 내가 쳐다보기만 해도

눈도 못 마주치던 너였는데

지금은...

아 예쁘다 예쁘다

자기 자기!

나 오늘 좀 귀엽지?

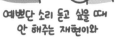

. . . .

예쁘단 소리 듣고 싶을 때
안 해주는 재현이와

아이 예쁘다
아이 귀여워~

스스로 예뻐하는 나

더러워♡

나랑 다툴 때도 너는

나랑 다툴 때도 너는

다 익은 고기를 내 앞에 두었다

실외 실내

-실외 데이트-

-실내 데이트-

걱정 배틀

아, 재현이 머리 아프댔는데 이제 괜찮나?

두통은 좀 어때? 어제 일하다가 손 다친 건?

넌 배 아픈 건 괜찮아? 매운 거 먹어서 뱃속에 불났을 텐데

화내기

내가 화나는 일이 생겼을 때

남친에게 화나는 일이 생겼을 때

마늘 먹어도 돼

마늘을 먹을 땐 남친의 허락을 구한다

그 말은 이와 같기 때문이다

무병장수

♡입냄새 후

옛날, 그녀는 가글을 챙겨 다녔다

가글 하고올게

말할 때 입냄새 나면
부끄럽단 말이야~

나도 빌려줘~

그리고 지금의 그녀는...

. . . .

나 아까 마늘먹었다~
마늘 공격이다!!

후웅~

강아지 모드 고양이 모드

털 뿜뿜

볼에 뭐가 났다

볼에
뭐가 났다

잉? 볼에 왜 뭐 났어...?

몸무게

내놔

어디 갔지?

??

뒤적 뒤적

뭐 찾아?

내 마스크

여기 있었는데...

마스크가~어디 갔을까~?

푸우웁쿠쿠

술주정

4장

내 옆엔 너,
네 옆엔 나

♡입맛매우까다롭군

다음에

아직도 너랑 하고 싶은 게
이렇게 많아서 매일매일 기대돼!

쇼핑!

내 거 사는 건 엄청 고민하고
네 거 사주는 건 한순간

하루♡의 마무리

힘들었던 하루를 썩 괜찮았던
하루로 기억할 수 있는 건

오늘도 고생 많았어
집에 데려다줄게

250

내 하루의 마지막에
네가 있어서야

좋은 남자

잠버릇

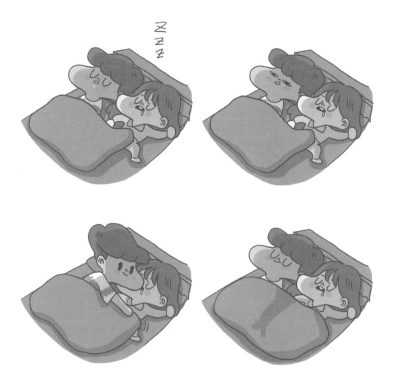

소파

(이사 전)

결국 구매했다

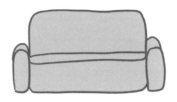

빈둥

빈둥

빈둥

꼬질꼬질

응가

똥

우리는 같이 살고 있는
지금도 여전히

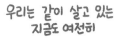

응가 할 때 음악을 튼다

빵! ♪
♪ 뿡뿡♫
뿡♪

(물론 방귀소리는 다 들림)

커플 파자마

커플 파자마를 준비했다

동거의 로망! 커플 파자마!

두피 꼬순내

혼자 다녀오기 무서워

귀여움 받는 꿀팁

남친의 귀여움을 받는
간단한 팁을 하나 알려드리겠습니다

1. 이렇게 해서

2. 요렇게 한다

척

3. 기다린다

자택 근무

내 여친은 자택근무를 한다

내가 출근할 때의 여친

내가 퇴근하고 왔을 때의 여친 🎵

오늘도 하루 종일 집에만 있었군...

눈곱쟁이야

웅

배 만지지 마

나의 하루

날 좀 봐줘

자기 전에 폰 하는 남친의 옆모습

잘생겼다~

근데 얘는 왜 나를
한 번도 안 봐?

♡요즘 데이트

간식뿜뿜　　냠냠미

하루 좋일 이렇게... 이따구로 지내도
괜찮은 건가...

완전 괜찮아♥

졸졸졸

굶♡을 거야

오늘 저녁은 굶을거야

그래

살 뺄거야

-30분 후-

배고파!

♥우린 부부가 될 거예요♥

15살엔 친구

18살엔 짝사랑

20살엔 연애

그리고 30살인 내년에

우린 부부가 될 거예요

네, 홀 예약 확정
하려고요

춤추는 이유

그거 내 옷

♥열정

♥애착 잠옷

몇 년 전 입던 내 옷

남친의 잠옷이 된 지 꽤 됐다

좀 빨아야겠다

잘했어

어른

전세로 아파트를 계약한 뒤
나는 내가 어른처럼 느껴졌다

뚜벅이였던 재현이가 제법 운전을 익숙하게
하는 걸 보며 재현이가 어른처럼 느껴졌다

296

웨딩홀 계약을 하고 있는 우리가
어른처럼 느껴졌다

이상하지, 나는 어른이 된 지
10년이 되어가는데

이제야 어른 비슷한 게
된 것 같은 기분이야

잠 좀 자자

괴롭히기

서로 괴롭히는 재미로 사는 둘

과몰♡입

-드라마 시청 중-

변화

-고등학생 때-

결혼 안 해
애 낳기 무서워

-22살 때-

재혁이한테
시집갈 거야!

-24살 때-

결혼은 현실이야

구체적인
계획이 필요해

-29살-

준비 다 했어!
이제 결혼하자!

♥익숙하다

슬픈 장면 보는 중

겨드랑이 빵꾸

잠깐 와봐

같이 살면 좋은 점

- 같이 사니까 좋은 점 -

맨날 같이 있을 수 있다

- 같이 사니까 ^안 좋은 점 -

맨날 같이 있어야 한다

내가 미쳤지

내가 미쳤지...

목 늘어난 박스티에 빤쓰 차림으로

춤을 추는 저 녀석...

♡마침카톡

속죄